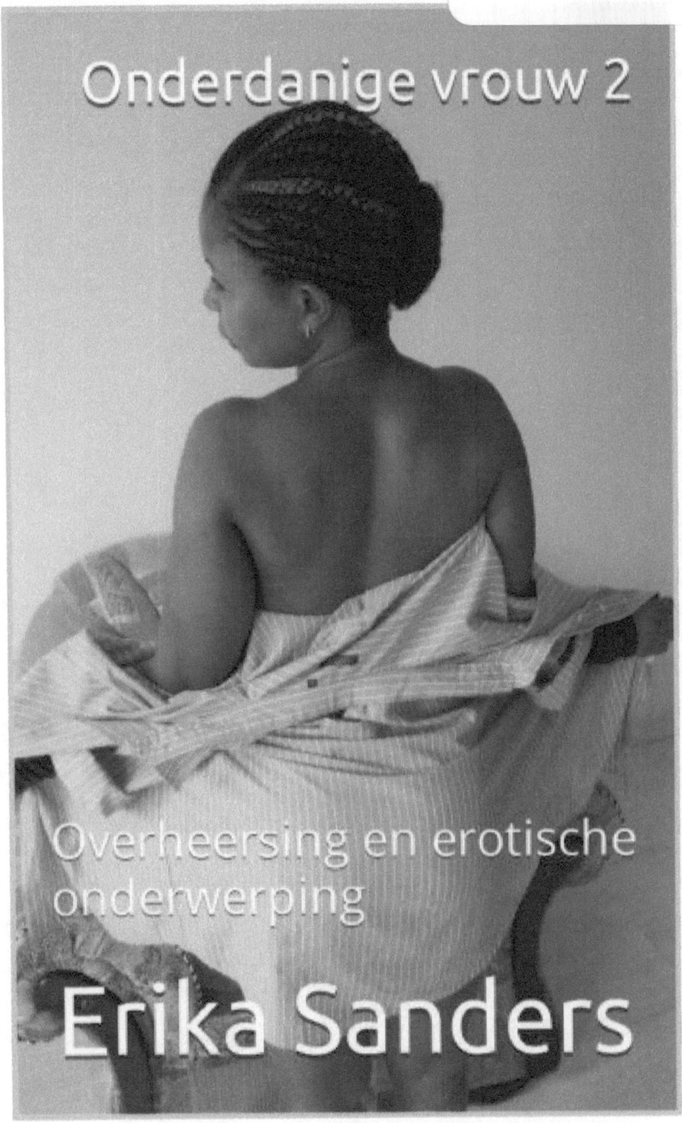

Onderdanige vrouw 2

Overheersing en erotische onderwerping

Erika Sanders

Onderdanige vrouw 2
Erika Sanders

Overheersing en erotische onderwerping Vol. 16

Korte inhoud

Een blanke vrouw en moeder besluit uiteindelijk haar diepste, oudste en meest perverse fantasie te bevredigen met een zwart meisje...

Onderdanige vrouw 2 is een verhaal met een sterk erotisch BDSM-gehalte en behoort op zijn beurt ook tot de Erotic Domination-collectie, een reeks romans met een hoog romantisch en erotisch BDSM-gehalte.

(Alle personages zijn 18 jaar of ouder)

Opmerking over de auteur:

Erika Sanders is een internationaal bekende schrijfster, vertaald in meer dan twintig talen, die haar meest erotische geschriften, weg van haar gebruikelijke proza, signeert met haar meisjesnaam.

Inhoudsopgave:

Korte inhoud
  Opmerking over de auteur:
  Inhoudsopgave:
  ONDERDANIGE VROUW 2 ERIKA SANDERS
  HOOFDSTUK I
  HOOFDSTUK II
  HOOFDSTUK III
  HOOFDSTUK IV
  HOOFDSTUK V
  EINDE
  SEKSUEEL VERLANGEN ERIKA SANDERS
  EINDE
  NAT WELKOM ERIKA SANDERS
  EINDE
  VOOR DE GELEGENHEID GEKLEED ERIKA SANDERS
  EINDE

ONDERDANIGE VROUW 2
ERIKA SANDERS

HOOFDSTUK I

Voorzichtig stop ik mijn kinderen in bed, trek de dekens over hun schouders en kus hun voorhoofd welterusten. Goh, ze zien eruit als zulke engelen die daar liggen te slapen. Ik sta even boven hen en kijk naar hun vredige gezichten en begin ze te benijden. Hun leven is op dit moment zo eenvoudig, niet zoals het mijne. Oh wat was ik jaloers op ze.

Ik doe de lamp uit en sluit langzaam de deur achter me, voorzichtig om geen geluid te maken. Als ik de gang doorloop, kom ik bij mijn slaapkamer, waar mijn geweldige man diep in slaap ligt. Ik zucht tevreden bij het zien, zo blij dat ik een man als hij heb. Ik heb echt het geluk dat ik de familie heb die ik heb. Om een huis als dit te hebben, een prachtige auto en een goede baan. Toch... Er is altijd iets gemist. Iets waar ik stiekem al heel lang naar verlangde. Iets waar ik niet meer mee verder kan zonder het minstens één keer te proberen.

Met de meest schuldige gevoelens haal ik mijn tas van het nachtkastje en sluit voorzichtig de slaapkamerdeur. Ik maak zo min mogelijk geluid als ik naar de voorkant van het huis loop. Er is veel moed voor nodig om aan die knop te draaien, maar ik doe het.

Twintig minuten rijd ik door de stad. Ook al weet ik waar ik heen ga, ik voel me nog steeds verloren. Dit is een grote stap die ik maak. Tot nu toe zat het allemaal in mijn hoofd. Mijn dromen, mijn fantasieën. Allemaal veilig weggestopt in de achterkant van mijn verwrongen brein sinds de middelbare school. Toen 'Ze' het voor het eerst erin stopte.

Ik liet mijn familie achter, al was het maar voor even, om eindelijk de verlangens van die dag, zo lang geleden, te realiseren.

Als ik de hoek om ga, zie ik ze meteen. Jonge, nauwelijks geklede vrouwen van de nacht die de straat op en neer liepen. Wit, Aziatisch, Zwart of Spaans. Allen strijden om de aandacht van de verschillende donker getinte auto's die langs hun flanken passeren. Ik blijf op de hoek staan, mijn auto staat stil terwijl ik naar de vrouwen staar, op zoek naar degene voor wie ik hier ben.

"Laatste kans", fluister ik tegen mezelf. Ik hoefde dit nog steeds niet te doen. Hoezeer mijn kut ook smeekte om de auto vooruit te duwen, mijn brein smeekte me om het stuur om te draaien. Om terug te gaan naar mijn kinderen, mijn man, mijn huis. Om een normale vrouw te zijn die haar panty-doordrenkte fantasieën niet hoefde uit te voeren.

Ik had misschien naar mijn hersenen geluisterd als ik haar een moment later niet had gezien. De donkere huidskleur van het meisje voor wie ik was gekomen was onmiskenbaar. Het meisje dat ik bijna een maand lang door deze straten had zien lopen. Het zwarte meisje dat ik had uitgekozen om mijn lichaam vanavond te misbruiken zoals het zwarte meisje op de middelbare school nooit deed.

Ik zet mijn hersenen uit, mijn voet drukt op het gas. Om de hoek zet ik de auto steeds dichterbij. Ik kon duidelijk zien dat ze haar typische straatoutfit droeg. Microrok die haar kont omhelst, strakke roze tube top die elke ronding en bobbel van haar borsten onthult, en natuurlijk die glanzende rode hoge hakken.

Ik ben bijna bij haar als ze eindelijk mijn kant op draait en de groene SUV naast haar ziet rollen. Met volle kracht op de remmen komt de auto tot stilstand op het moment dat ze op het passagiersraam tikt. Met een laatste diepe ademhaling druk ik hem naar beneden.

Ik zie een verbaasde blik als ze ziet wie de chauffeur is, duidelijk geen vrouw verwacht. Ze neemt even de tijd om op de achterbank te kijken of er nog iemand is en kijkt dan weer naar mij.

'Heeft u zin in vanavond mevrouw?'

Ik knik verlegen met mijn hoofd, te nerveus om te weten wat ik anders moet doen.

Ze opent nonchalant de ontgrendelde deur en stapt in. Het verbaast me dat ik zo ver ben gekomen met een prostituee in mijn auto. De enige vraag die we nog moeten weten, is of ze echt zou doen wat ik vraag als ik het haar vertel. Als ze voorbij de vreemde aard van mijn verzoek kan kijken en kan voldoen aan wat ik van haar verlang.

'Hier of ergens anders?'

Ik kijk haar dom aan, mentaal te opgewonden om op haar vraag te reageren.

'Wil je je freak in de auto of ergens anders opjagen?'

"Ergens anders." fluister ik en kom een beetje bij zinnen.

"Ok, maar je betaalt ook voor de kamer."

Ik knik en laat haar me dan een paar straten de weg wijzen tot we bij een bescheiden uitziend motelcomplex komen. De hele tijd dat ik aan het rijden ben, kan ik haar vanuit mijn ooghoeken naar me zien kijken. Ik kan zien dat ze me probeert te achterhalen en te ontdekken welk spel ik zou kunnen spelen. Waarom zou deze normaal ogende blanke vrouw in een SUV diensten vragen aan een meisje als zij?

Terwijl ze buiten wachtte, ging ik naar de lobby om een kamer te krijgen. De man moet hebben gezien hoe nerveus ik was toen mijn trillende hand tekende voor de kamer en de sleutel van hem aannam. Gelukkig nam hij niet de moeite om naar mijn problemen te vragen.

HOOFDSTUK II

Kamer #05 was wat hij me had gegeven. Het meisje stond daar naast me te wachten terwijl ik de deur probeerde te openen. Inmiddels had ze haar eerdere nieuwsgierigheid naar mij verloren en wachtte ze ongeduldig tot ik alles achter de rug had. Heel even overweeg ik om me terug te trekken, terwijl ik vraagtekens zet bij de waanzin van mijn acties. Wat deed ik hier? Had ik deze zwarte vrouw echt nodig om mijn diepste, oudste, meest perverse fantasie te bevredigen? Was masturbatie niet meer goed genoeg?

Voordat ik de deur openduw, kijk ik nog een laatste keer om en zie haar mooie zwarte gezicht. Nee, masturbatie zou het gewoon niet meer voor mij doen.

Ik was zo nerveus toen ze daar zwijgend op het bed zat, me bestudeerde en probeerde te achterhalen of ik legitiem was of net zo gek als ik klonk. Ik kon niet stoppen met friemelen toen ze me vanuit de hoek van het bed aanstaarde, waardoor ik me zo'n dwaas voelde. Wie vraagt zulke dingen? Dit was verkeerd.

'Wil je dat ik wat doe?'

Ik wist dat ze het niet meteen zou begrijpen. Het is zo ingewikkeld en toch zo kinderachtig.

"Ik....wil dat je... (ik nam nog een waterige slok) ...me te domineren!"

Opnieuw staarde ze me aan, waarschijnlijk in een poging zich een beeld te vormen van mijn absurditeit in haar hoofd. Het vormde zich niet snel genoeg.

"Nou, zoals hoe?"

Goh, ik hoopte dat ze niet te veel vragen zou stellen. Ik betaal haar gewoon en ze zou me domineren. Wat is er zo moeilijk te begrijpen?

"Ik wil dat je me behandelt....als....(ik hield mijn adem in)...vuil!"

Een glimlach kroop over haar mooie jonge gezicht. Een glimlach die me vertelde dat ze het leuk vond wat ze hoorde, ook al was het zo vreemd. Toen veranderde de glimlach in een van grotere nieuwsgierigheid.

"Waarom"

"Oh alsjeblieft, moeten we dit bespreken? Ik ben bereid te betalen..."

'Dame, het komt niet elke dag voor dat een chique uitziende blanke vrouw met een SUV me vraagt haar als vuil te behandelen. Wat is het addertje?'

Vangst? Dit meisje wil weten of er een addertje onder het gras zit? Kan ze niet gewoon ja zeggen? Kan ze me niet gewoon straffen zoals die zwarte teef op de middelbare school had moeten doen?

"Of je vertelt me waarvoor je hier echt bent, of ik ben hier weg!"

Daarop stond ze op en liep naar de deur.

"WACHT!" Ik huilde haar na. Ik kwam niet zo dichtbij om alleen afgewezen te worden. "Ga alsjeblieft niet weg."

Ze draaide zich om en keek me recht aan.

"Ik... heb deze... fantasie..."

"Ja?....."

'Het gaat over een meisje dat ik op de middelbare school kende. Een zwart meisje.'

"Ga verder!" Ze trok een wenkbrauw van geprikkelde nieuwsgierigheid op terwijl ik schaamteloos mijn blik naar de vloer liet zakken.

'Nou, zij en ik... nou... konden het nooit goed met elkaar vinden. Ze was destijds een van de weinige zwarte meisjes op school en nou ja, mijn vriendinnen en ik maakten onophoudelijk grappen over haar.'

'Dat klinkt niet erg aardig van je.' Ze keek nu een beetje verontrust.

"Ja nou... dat is wat jonge meisjes doen met anderen die er niet echt 'passen' in."

'Je hoeft het me niet te vertellen, mevrouw. Ik ben opgegroeid met het horen van de shit die jullie blanke vrouwen achter onze rug om zeggen.'

Een tinteling ging over mijn rug bij die woorden. Ik begon me een beetje zorgen te maken dat ik haar misschien zou beledigen. Maar de blik in haar ogen vertelde me dat ik maar beter door kon gaan met uitleggen.

"Ik... ik denk dat ik misschien de slechtste voor haar ben geweest. Ik was altijd een van de eerste meisjes die iets begon, waarbij ze grappen maakte over haar haar, haar kleding, haar gezicht, haar achtergrond..."

'En ze pakte het gewoon? Ze heeft nooit geprobeerd je terug te pakken?' Ik kon zeker de woede in haar stem voelen.

'Nee, nooit. Tot op een dag dan.'

De jonge prostituee liep langzaam terug naar het bed waar ze op de rand zat, nu blijkbaar klaar om hier de echte reden te zien waarom we hier allebei waren. Ze keek me met hernieuwde belangstelling aan.

"Het gebeurde op een dag dat ik bijzonder gemeen tegen haar was. Mijn vrienden en ik konden haar gewoon niet alleen laten in een van onze lessen en ik kon zien dat ze zowel ellendig als boos op ons was omdat we dat deed. Maar zo naïef als Ik was, ik dacht er niet aan hoe woedend we haar eigenlijk maakten. Ik had het moeten zien aankomen, maar ik was gewoon niet voorbereid op wat ze na school had gepland.'

Ik zag dat ze nu erg geïnteresseerd was in mijn verhaal.

"Meestal gingen mijn twee beste vrienden en ik naar huis door de velden aan de achterkant van de school. We woonden daar niet ver vandaan en het was meestal een vrij korte wandeling. Ik denk dat ze wist dat we er die dag weer zouden zijn ."

'En? Heeft ze je eindelijk een lesje geleerd?'

Er ging weer een rilling door mijn lichaam. Ik wist wat het antwoord op haar vraag was. Ik heb er mijn hele volwassen leven over nagedacht.

'Nee, dat deed ze niet!'

De hoer zat daar maar naar me te kijken, wachtend op meer uitleg.

"Later die dag, toen we de hoek van de school omsloegen, verraste ze ons drieën van achteren. Het enige wat ik hoorde was dat mijn naam werd geroepen, en tegen de tijd dat ik me omdraaide, had een zwarte hand me HARD op mijn gezicht. Ik zag staren terwijl ik terug strompelde. Voor ik het wist werd ik hard tegen een muur geduwd, haar gezicht op enkele centimeters van het mijne. Mijn beide vrienden zaten ineengedoken op hun knieën, hun wangen ook rood.'

Een uitdagende glimlach ging van oor tot oor op de zwarte prostituee, duidelijk instemmend met de acties die tot dusver zijn genomen door de zwarte heroïne in mijn verhaal.

"Ik probeerde haar van me af te vechten, haar van me af te duwen. Maar na nog een paar klappen kreeg ik tranen in mijn ogen en was ik totaal machteloos. Toen ik haar vingers om mijn nek voelde, was mijn aandacht helemaal van haar."

'Wat deed ze nog meer?'

'Fysiek niet veel anders. Ze hield gewoon mijn nek stevig in haar hand terwijl ze me uitschelde. Mijn vrienden en mij vervloekend en ons vreselijke, vreselijke namen noemden.'

'Vertel me hoe ze jullie meisjes noemde.'

"Ze... noemde ons... Stomme blanke racistische kutjes!

De hoer knikte goedkeurend. Ik wist gewoon dat mijn cheques rood waren van schaamte.

"Tegen de tijd dat ze klaar was met schreeuwen, had ze er zeker van dat ik haar NOOIT meer zou lastigvallen. Ik maakte mijn nek los uit haar greep en viel op mijn knieën waar ze op me spuwde voordat ze langs mijn vrienden stormde.

"EN?"

'En ik heb haar nooit meer lastig gevallen.'

Ik zag de teleurstelling in haar ogen. Zij hoopte, net als ik, duidelijk dat er meer in het verhaal zou zitten.

'Vertel me eens mevrouw. Waarom zijn we vanavond allebei in deze motelkamer?'

"Omdat... nou... toen ik op mijn knieën was gevallen, mijn... ik bedoel... ik was.... nat!" Ze bleef me maar aanstaren, geen verandering in haar gezichtsuitdrukking. "En...mijn tepels waren...hard!" Nog steeds geen verandering in haar gezicht. "Sindsdien heb ik alleen maar aan die dag gedacht. Haar vingers om mijn nek met haar gezicht centimeters van het mijne, haar stem bonsde in mijn oren, mijn vrienden in tranen op de vloer. Goh, wat leek ze zo krachtig, zo dominant over mij. Ik voelde me zo zwak, zo zielig, zo... hulpeloos tegenover haar. Sinds ik heb gedroomd, geen... masturbeerde naar de gedachten van wat als. Wat als ze had besloten om me echt een les om een...'Stomme racistische blanke kut' te zijn? Wat als ze me zou hebben gestraft zoals ik al die jaren heb gefantaseerd? Wat als? Dat is waarom ik hier vanavond bij jou ben.

Ik keek haar smekend aan, ademloos van het stromen van emotionele woorden die ik zojuist had gegeven. Toch bleef haar gezicht de hele tijd onveranderd, onbewogen.

HOOFDSTUK III

Een minuut lang staarden we elkaar aan. Ik werd erg nerveus. Ze moet vast denken dat ik gek ben. Ze moet toch de perverse aard van mijn verzoek inzien. Welke vrouw zou willen dat een ander haar misbruikt, zwart of wit, geld of gratis?

Eindelijk kwam er een grijns over haar prachtige gezicht.

"Doe je blouse uit."

Ik hield even mijn adem in. Wilde ze gewoon dat ik het uitdeed? Betekende dit dat ze er echt mee instemde om het te doen?

De strenge blik op haar gezicht bracht instinctief mijn handen naar mijn knopen. De hele tijd dat ik de knoopjes losmaakte, kon ik alleen maar naar haar kijken, in een poging een idee te krijgen van wat ze dacht. Mijn blouse viel weg en landde met mijn voeten op de grond. Haar ogen concentreerden zich onmiddellijk op mijn beha bedekte borst.

"Verwijder het."

Met een elektrische zucht reikte ik naar achteren en maakte mijn beha van achteren los, trok hem naar voren en liet mijn bleekwitte borsten los. Onmiddellijk verscheen er een sluwe grijns op haar gezicht terwijl ze zo groot als mijn tieten staarde. Voor het eerst sinds de middelbare school voelde ik me hulpeloos tegenover een zwarte vrouw.

Ik liet de beha uit mijn handen vallen.

Zonder haar ogen van mijn borst af te wenden, stond ze op van het bed en bewoog zich langzaam naar waar ik stond. Inmiddels beefde ik duidelijk voor haar.

Een kreun ontsnapte aan mijn lippen toen haar warme, zachte handen beide vlezige bollen omklemden. Ik geef eerlijk toe hoe fijn het voelde om op deze delicate manier gestreeld te worden. Ik sloot mijn ogen en stond daar passief terwijl ik haar ermee liet spelen, terwijl ik haar vingers voelde dwalen, voordat ze hun weg naar het midden van elke borst vonden, naar de keiharde tepels waarvan ik wist dat ze om aandacht smeekten. Goh wat had ik dit nodig. Zelfs zonder de fantasieën had ik het zo nodig.

"Vier honderd dollar." Ik opende mijn ogen en keek haar aan.

Ik was dit deel, de onderhandeling, bijna vergeten. Terwijl haar vingers zich om elke tepel klemden, was ik nauwelijks in een positie om het oneens te zijn met haar prijs. Verdoofd knikte ik met mijn hoofd.

"Je bent gek weet je dat?"

Weer knikte ik verdoofd met mijn hoofd. Dat was ik zeker.

Ze liet mijn tepels los en liep terug naar de rand van het bed en ging er weer op zitten.

'Eerst betaal je! Ik wil niet dat je achteraf klaagt dat ik te hard voor je was.'

Ik liep snel naar mijn tas aan de andere kant van de kamer. Ik wilde dat dit zo snel mogelijk zou beginnen. Terwijl ik bewoog, trilden mijn borsten behoorlijk komisch, dat weet ik zeker. Ik reikte naar beneden en pakte mijn portemonnee van de stoel, opende hem en haalde er vier frisse honderd-dollarbiljetten uit. Ze liep naar haar toe en pakte ze uit mijn hand.

'Je weet dat ik jullie blanke vrouwen nooit zal begrijpen,' zei ze spottend terwijl ze de biljetten tegen het licht hield om te controleren of ze echt waren. "altijd doen alsof je de top van de genenpoel bent", stopte ze de snavels in haar topje, tussen haar donkere decolleté. "alleen om hier te verschijnen en te smeken om ...."

Ze pauzeerde halverwege de zin, voor het eerst merkte ze het trillen van mijn lichaam. Ze kon zien hoe zenuwachtig ik echt was.

"Weet je zeker dat je dit wilt doen?" vroeg ze, voor het eerst met een zweem van medeleven. Ik knikte smekend met mijn hoofd en keek haar recht in de ogen. Ik had dit meer nodig dan ze wist.

Met een zucht van onverschilligheid zei ze dat ik mijn handen achter mijn hoofd moest houden. Mijn maag schokte eigenlijk met mijn mislukte pogingen om normaal te ademen. Het ging eindelijk echt gebeuren. Al mijn fantasieën, al mijn dromen, ik zou ze eindelijk gaan waarmaken.

Met mijn handen boven mijn nek gevouwen, gingen mijn borsten naar haar toe.

"Bedelen!"

Ik knipper een paar keer naar haar. bedelen? Maar... maar ik betaalde haar?

"Alsjeblieft, dwing me niet." Ik jammerde, beseffend hoeveel gênanter het zou zijn om dat te doen.

"Niet bedelen, niet spelen!"

Ik keek terug naar haar gezicht, een kleine traan verzamelde zich in mijn rechteroog.

"Alsjeblieft....Meesteres, wil...je..."

"MISTRESS? HAH, nog nooit heeft iemand me zo genoemd. Ik vind het leuk, zeg het nog een keer!"

"Alstublieft Meesteres, wilt u zo vriendelijk zijn...... mij te straffen?" Ik keek naar mijn borst naar de twee witte wuivende bollen. Dezelfde twee bollen die mijn man graag streelt en streelt. Dezelfde borsten waar ik altijd trots op ben geweest. Dezelfde twee tieten die ik nu aanbood aan de handen van een twintigjarige zwarte prostituee.

'Wat straffen dame? Wat van u zou u willen dat ik straf?'

Er was geen reden meer om pretenties te verbergen. Ik betaalde haar om mijn lichaam te misbruiken, en het was tijd om haar te vertellen dat ze precies dat moest doen.

"Mijn TIETEN, Meesteres! Straf ze alsjeblieft!"

Ik hoorde een gegiechel over haar lippen ontsnappen.

'Maar het zijn zulke mooie witte dingen. Waarom zou je ze allemaal rood en pijnlijk willen maken?'

"Alsjeblieft, doe ze gewoon pijn!" Ik kon niet geloven dat ik er echt zo om smeekte. Had ze niet vierhonderd dollar in haar topje voor haar moeite?

"Pas als mooie blanke dame me vertelt waarom ze een zwarte hoer wil om haar schattige kleine tieten te slaan!"

"Omdat omdat..."

"Omdat?"

"OMDAT IK EEN STOMME WITTE RACISTISCHE KUT BEN!"

(KLAP!)

De woorden kwamen op magische wijze uit mijn mond. Ik dacht niet eens dat ik het lef had om ze te zeggen. Maar op het moment dat ik dat deed, ontsnapte er snel een snik uit mijn lippen toen ze met haar open handpalm op mijn linkerborst sloeg, totaal onvoorbereid op de stekende pijn die naar mijn hersenen opstak. Ze zweeg even en liet mijn borsten op mijn borst heen en weer wiebelen. Ik heb altijd geweten dat de borsten gevoelig waren, maar...

(WACK)

Deze keer schudde mijn rechterborst terwijl ik op mijn onderlip beet.

"Alsjeblieft, meer!" ik schrok.

(SLAP)...(SLAP)

De linker- en vervolgens de rechterborst zwaaiden terwijl ze twee even krachtige klappen uitdeelde. Ik liet instinctief mijn handen over mijn driedubbele tieten vallen en bracht ze naar mijn borst. Ik probeerde de pijn eruit te wrijven, maar ze prikten nog steeds pijnlijk. Mijn betaalde kwelgeest bleef geduldig zitten totdat ik mijn handen weer achter mijn hoofd plaatste en mijn rood wordende tieten aanbood voor meer van haar straf.

"Is dit wat er zou moeten gebeuren met racistische blanke teven als ze zwarte vrouwen kruisen? Moeten hun grote witte tieten geslagen worden om ze een lesje te leren?"

Ik knikte verdoofd met mijn hoofd.

(SLAP)(SLAP)(SLAP)(SLAP)

Ik kreunde pijnlijk toen mijn knieën slap werden. Ik worstel om te blijven staan met mijn handen achter me. De pijn was onwerkelijk, maar jongen, wat heb ik me ooit zo levend gevoeld!

(SLAP)(SLAP)(SLAP)(SLAP)(SLAP)

Tranen stroomden over mijn wangen terwijl mijn tieten alle kanten op vlogen in overeenstemming met haar meppende handen. Het gewicht op mijn borst verschuift voortdurend van de zware mishandeling. Ik slaagde erin mijn ogen te sluiten en mezelf weer op dat veld in te beelden. Mijn vrienden op het gras in shock en tranen, kijkend naar de gehate zwarte teef die mijn nek tegen de muur grijpt, haar handen over mijn blote borst gaand, me de les lerende die ik nooit heb gekregen.

"Is dit wat je wilde? (SLAP) Is dit wat je wilde dat die rebelse zwarte meid je gaf? (WHACK) Om je te vernederen voor je vrienden door je pluizige witte tieten te slaan tot je huilde om meer?"

"JA, MEESTIJN!!!"

(SLAP)(SLAP)(SLAP)(SLAP)

Ik kon het gewoon niet meer aan. De overweldigende pijn overviel me uiteindelijk en met een laatste schreeuw van wanhoop liet ik mijn handen over mijn rode zere tieten vallen en boog voorover, terwijl ik in een stortvloed van tranen op mijn knieën viel.

Ik moet een paar minuten op de grond hebben gelegen, huilend en over mijn borsten wrijvend voor verlichting. De hele tijd zat ze gewoon op de rand van het bed en inspecteerde ze haar nagels op eventuele schade. Na nog een paar minuten werd ik verrast door het gevoel van haar hand onder mijn kin, die hem optilde om opnieuw in haar ogen te kijken. We staarden elkaar even aan, mijn gehuil was tegen de tijd dat ze eindelijk sprak, verminderd tot onregelmatig gesnurk.

"Je verdient dit nietwaar?"

Ik knikte ja.

"Stomme witte teef!"

Ik knikte weer.

Ze hield mijn kin nog steeds vast, leunde naar voren en kuste me hartstochtelijk op de lippen. Ik sloot mijn ogen en liet haar tong in de mijne stromen, genietend van de verkenning van mijn mond. Al snel vallen mijn armen slap langs mijn zij, waardoor mijn nog steeds gepijnigde tieten weer zichtbaar worden.

Na ongeveer twintig seconden trok ze haar gezicht terug en keek opnieuw in mijn ogen.

"Heeft die stomme racistische kut haar lesje al geleerd?"

Ik schudde mijn hoofd... nee.

Er kwam weer een wrede glimlach op haar gezicht.

HOOFDSTUK IV

"Over mijn knieën!"

Langzaam stond ik op van de vloer en probeerde op haar schoot te kruipen, maar ze hield me snel tegen. Toen ze naar mijn rok wees, wist ik wat ze eerst wilde. Met slechts een moment van aarzeling begon ik mijn jurk naar mijn schoenen te schuiven, zodat mijn slipje snel volgde. Mijn schoenen en sokken gingen ook uit, zodat alleen mijn trouwring op mijn lichaam bleef. Ik liet het aan terwijl ik mezelf voorzichtig over haar prachtige zwarte benen legde. Ik genoot van het gevoel van mijn buik die eroverheen gleed tot mijn kont vlak onder haar was. Mijn borsten drukten ongemakkelijk tegen de dekens terwijl ik wachtte op haar volgende bestraffende verlangen.

Maar ik zou moeten wachten. Terwijl ze zich schrap zette voor haar meppende hand, kwam die in plaats daarvan zacht op mijn wangen te rusten. Met delicaatheid die alleen een vrouw kan weten, begon ze mijn vlezige achterkant te strelen. Ik sloot mijn ogen en genoot van de zachte behoefte en het glijden van haar vingers, af en toe voelde ik haar kietelende nagels erop.

"Vertel me eens, meisje, toen de blanke dame gemeen deed tegen dat arme zwarte meisje van school, werd ze dan stiekem opgewonden?"

Ik antwoordde niet, ik wist niet precies waar dit vandaan kwam.

'Geef antwoord, meid. Ging je er elke keer vandoor als jij en je snobistische blanke teven haar uitlachten?'

"Ja....ja...."

(SLAP) Ik hapte naar adem van de verbazing van dit alles. Haar hand was snel en stil van mijn kont gestegen en kwam hard terug naar beneden. Ik had geen idee hoe ze het wist. Hoe kon ze zien dat ik het toen leuk vond om die trut uit te lachen?

"Ik wist dat je een slet deed. Ik wist dat die blanke slet van je het niet kon helpen om zich vol kracht te smeren nadat je een zwart meisje had vernederd. Jullie blanke vrouwen zijn allemaal hetzelfde, je wordt helemaal hot en denkt dat je beter bent dan wij!" (KLAP!)

"OWWW... Meesteres het spijt me..."

(SLAP) "Hou je mond, varken! Het is niet jouw schuld, het zit in je bloed. Je kunt niet anders dan racistische teven zijn. Maar dat is dezelfde reden waarom je nog geiler werd toen ze terugvocht, nietwaar?" (KLAP)

Ik kreunde pijnlijk in het bed. Mijn gebrek aan antwoord was voldoende bewijs voor haar vraag. Het was allemaal waar. Ik was een mooi blank meisje en zij was een zwart meisje van lage klasse. Ik moest beter zijn dan zij. Ik ben opgevoed om beter te zijn. Maar met mijn nek hulpeloos gevangen in haar hand, mijn kleren machteloos op de grond, was ik overgeleverd aan haar genade. Deze zwarte meid had haar zin met me kunnen krijgen en die kracht spoelde me tot onderwerping.

(KLAP)

"Je werd er opgewonden van om de rollen om te draaien. Die kleine knobbeltjes werden er zo hard van, nietwaar? Het maakte dat roze poesje helemaal vochtig en nat als je werd opgedaagd door een zwart meisje? Juiste teef?"

"YEESSSS MEESTIJN!!!!"

(SLAP)(SLAP)(SLAP)

"Maar arme zielige blanke dame wilde meer, nietwaar? (SLAP) Ze wilde vernederd worden (SLAP) en misbruikt (SLAP) en veranderd worden in een zwarte meid (SLAP) nietwaar?"

"Ja Meesteres ALSJEBLIEFT! Maak me alsjeblieft je bitch! Misbruik me, verneder me. Ik verdien het zo erg. Alsjeblieft!!!!!!!"

(SLAP)(SLAP)(SLAP)(SLAP).....

Ik ben de tel kwijtgeraakt van het aantal meppen op mijn eens zo blanke kont. Het enige wat ik wist was dat ik de ervaring van mijn geest volledig herbeleefde. Ik was helemaal terug in de tijd, terug op de middelbare school, achter in de velden. Ik werd volledig uitgekleed in het bijzijn van mijn vrienden, terwijl ik me voorstelde dat mijn kont keer op keer werd geslagen door het zwarte meisje zoals ik al jaren droomde. Het kon me niet schelen dat mijn kont in brand stond, of dat ik waarschijnlijk spijt zou krijgen van wat ik toestond. Het kon me niet schelen dat het een nauwelijks legale zwarte prostituee was die me mijn pijn of mijn straf gaf. IK HEB NIET GEZOND!

Ik had geen idee wanneer ze eigenlijk stopte met me te slaan. Ik moet een tijdje op haar schoot hebben geschopt en gehuild voordat ik tot bezinning kwam. Ze was weer mijn cheques gaan strelen. Ondanks dat ze zo zacht en zachtaardig was als ze eerder was geweest, tintelde mijn verheven huid van pijn bij elke beweging van haar vingers, en ik kromp constant ineen.

Toen werden mijn ogen groot toen haar vingers van mijn wangen naar tussen mijn dijen gleden. Ze moedigde me aan om mijn knieën te verbreden en drukte al snel tegen mijn kutlippen en voor het eerst voelde ik de koele lucht over de nattigheid.

"Dit misbruik windt je echt op, nietwaar slet?"

Ik verborg mijn gezicht in de lakens van schaamte.

"Stellage!"

HOOFDSTUK V

Ik haastte me snel van haar knieën, bedwelmd door het krachtige commando in haar stem. In een seconde stond ik voor haar, rode tieten en pijnlijke kont.

"Spreek je benen!"

Ik deed wat me werd gezegd. Ze zweeg even, wachtend tot ik dat deed.

"Open je lippen voor mij!"

Mijn vingers trilden toen ik naar beneden reikte en mijn vette seks verspreidde voor mijn zwarte Meesteres.

Ze leunde naar voren en bekeek me even, starend in het roze dat voor haar werd uitgestald. Haar ogen waren op mijn klitje gericht, trots voor haar uitgestoken terwijl ze haar rechterhand ernaar ophief.

Ik trilde toen twee vingers langs mijn natte lippen gleden voordat ze op mijn hete knop gingen rusten. Toen ze over mijn gevoelige geslachtsorgaan begon te wrijven, sloot ik mijn ogen en stond ik mezelf toe te genieten van de nieuwe heerlijke sensaties die ze me gaf. Even later werden haar vingers vervangen door een duim, de twee vingers drongen nu mijn zeer warme vagina binnen. Voordat ik het wist, werd ik daar midden in de kamer door haar vingers geneukt. Ik deed mijn ogen weer open en keek vol ontzag toe hoe haar vingers in en uit mijn kutje bewogen terwijl haar duim mijn clit wild plaagde.

Ik worstel om te blijven staan terwijl ze steeds sneller bewoog, mijn knieën slapper werden terwijl het zweet zich op mijn voorhoofd verzamelde. Mijn vingers proberen wanhopig mijn lippen uit elkaar te houden terwijl die van haar steeds sneller tegen me aan botsen. Op het slechtst mogelijke moment stopten ze plotseling. Een golf van frustratie kwam over me heen toen mijn ogen naar de hare vlogen voor een verklaring waarom mijn Meesteres mijn plezier had gestopt. Haar vingers zaten nog steeds in mij, maar bewogen niet meer.

"Neuk ze prinses!"

Een moment bewoog ik me niet, niet beseffend wat ze me probeerde te zeggen.

"Laat die witte kont in beweging komen! Neuk mijn vingers als de domme teef die je bent!"

Ik boog mijn knieën en duwde haar vingers dieper in me, en ging toen snel weer rechtop staan. Binnen een paar seconden neukte ik mijn poes op haar vingers voor alles wat ik waard was, huilend van hernieuwd plezier.

Weer sluit ik mijn ogen en stel me voor dat ik achter in de school sta. Mijn beide vrienden staren me nu in shock en walging aan terwijl ik passief tegen de muur leun terwijl een zwarte hand in de bovenkant van mijn rok glijdt. De blik van plezier die over mijn gezicht spoelt terwijl ze mijn natte, onderdanige seks durft te vinden, veilig weggestopt in mijn slipje. De blik van absolute revolutie op de gezichten van mijn vriend toen ik wanhopig terug begon te neuken.

"Dame, u bent echt zielig, weet u dat?"

Mijn ogen gaan weer open bij haar woorden, de illusie in mijn geest verdwijnt als ik hongerig in haar ogen staar. Weg waren de beelden van school en vrienden. Ik was weer een vrouw van middelbare leeftijd, die de gladde vingers van een zwarte prostituee neukte voor vierhonderd dollar!

Ik kreunde terwijl ik nog sneller neukte, snel mijn heupen langs haar donkere vingers duwend als de absolute dwaas die ik was. Zelfs toen haar duimnagel kwellend tegen mijn klitje begon te krabben, durfde ik niet te stoppen. Het enige wat ik kon doen was kreunen en me een weg banen naar een wanhopige bevrijding.

Binnen een ander moment had ik mijn pogingen om mijn vette lippen uit elkaar te houden volledig opgegeven. Voortdurend glipten ze uit mijn greep. In plaats daarvan bracht ik schaamteloos een natte hand naar mijn mond en zoog op mijn vingers terwijl de andere met mijn nog steeds rode tieten speelde. Mijn benen voelden aan alsof ze in brand stonden terwijl de spieren erin werkten tot het punt van instorting, mijn heupen in haar vingers duwend.

"Is dit wat blanke sletten doen als ze los laten? Gaan ze ervandoor met hun vuile kutjes tegen de vingers van zwarte vrouwen te neuken? Is dit hoe je je superioriteit toont aan een zwarte vrouw, door hun vingers te neuken en ervoor te betalen?"

"JA MEESTINE!"

"Wat ben je?"

Deze keer was er geen aarzeling toen ik vrijuit mijn vernederende titel beleed: "Ik ben een vuile stomme blanke racistische kut!"

Plotseling trokken haar vingers uit mijn geperste kut om de vlaag van kutslagen toe te staan die onmiddellijk volgden. Ik slaakte een kreet van onmenselijke pijn terwijl ik wanhopig mijn bekken uitstak om haar meppende hand te ontmoeten. Binnen enkele seconden overspoelden pijn en plezier me volledig toen ik op de grond viel, piepend als een varken, mijn lichaam trilde en stuiptrekkend als een gekke vrouw.

Mijn Meesteres keek net vanuit het bed naar de ravage die ze mijn lichaam en geest had aangericht. De hele tijd was het met de breedste grijns. Denk er niet eens aan om me te vragen hoe lang ik aan haar voeten aan het klaarkomen was, alleen dat het voelde als de langste momenten van mijn leven.

Op een gegeven moment slaagde ik erin om bij zinnen te komen en ging ik weer op mijn knieën voor haar zitten. Ondanks de stekende pijn in mijn tieten, kont en poesje, had mijn hele gezicht een gloed. Ik had nog nooit zo een orgasme gehad en ik was nog nooit zo dicht bij het uitleven van mijn diepste fantasie gekomen. Soms had ik echt het gevoel dat ik weer op school zat, gedomineerd werd zoals ik altijd had gewild dat ik had kunnen zijn. Ik straalde naar mijn Meesteres omdat ze dit aan mij had gegeven en ze glimlachte hartelijk terug en erkende me.

Maar haar glimlach vervaagde toen ze haar armen naar me uitstak. Terwijl ze zachtjes haar handen tegen mijn schouders drukte, stond ik toe dat ze me naar achteren duwde totdat ik op mijn rug lag. Ik lag daar passief en keek toe terwijl ze stond en naast me liep, totdat ze naast mijn rustende hoofd stond. Ze tilde een been op, legde het over me heen en op de andere kant van mijn gezicht.

Nu had ik geen andere keuze dan omhoog te kijken, langs haar mooie kuiten, langs haar schattige knieën, langs haar stevige dijen, naar haar microrokje waar haar donkere haarloze lippen lagen. Ik kon de omtrek ervan nauwelijks onderscheiden en ik realiseerde me dat het nooit bij me opgekomen was dat ze geen slipje aan zou hebben.

Ze keek even op me neer, schijnbaar genietend van de houding die ze nu over me had. Toen tilde ze zonder pardon haar rok op tot aan haar middel. Voor het eerst in mijn leven keek ik naar de zeer natte seks van een andere vrouw. Ik kon het boven me zien glinsteren terwijl ik ernaar keek alsof ik in trance was. Het duurde even voordat ik me realiseerde dat ze haar heupen naar mijn gezicht liet zakken.

Ik had amper tijd om na te denken, want al snel zat mijn hoofd tussen haar twee sterke zwarte dijen. Mijn ogen werden groot toen mijn lippen recht tegen haar sekslippen drukten. Onmiddellijk vulde de geur van seks mijn neusgaten. De geur van talloze vroegere klanten die mijn longen vullen. Haar sappen, die nog steeds langs mijn gesloten lippen wisten te komen, droegen de vage smaak van mannelijk zaad.

Ik kreunde in haar kutje zodat ze eraf kon komen, en realiseerde me volledig de verdorvenheid van mijn nieuwe positie.

"Open die preutse lippen teef. Steek die tong in mij." Ze bestelde, maar mijn lippen en tong bewogen nog steeds niet. Dit was niet wat ik had gewild. Ik wilde het vuil niet proeven dat in haar lag. Ik dacht niet meer aan mijn middelbare schooltijd als snobistisch blank meisje. Ik was helemaal gefocust op het feit dat mij werd gevraagd om het gebruikte poesje van een hoer op te ruimen! Hier had ik haar niet voor betaald.

Ze reikte naar achteren, greep mijn verheven rechterborst en kneep er wreed in. "Ik zei: eet me op, verdomde eikel! Zuig mijn poesje als de verdomde blanke lesb slet die je bent!"

Ik opende mijn mond om te schreeuwen van de pijn die uit mijn tiet kwam en liet onbewust meer van haar bedorven sappen in mijn mond stromen, mijn tong en tanden bedekten. Toch at ik haar nog steeds niet op, waardoor ze haar andere hand naar achteren reikte om nog harder in mijn arme borsten te knijpen.

Met een gedempte schreeuw schoot ik mijn tong uit in haar warme, vochtige gaatje, wanhopig om de pijn te stoppen. Meteen klemde ze haar dijen hard om mijn hoofd en moedigde mijn tong aan.

"Goooood meid. Goede blanke meid. Maak dat zwarte poesje schoon waar je zo van houdt. Zuig alle smerigheden van binnen uit. Wees een goede kleine meid voor mijn kleine poesje."

Omdat ik weinig keus had, begon ik haar gebruikte kut schoon te maken. Ondanks mijn aanvankelijke afkeer, besloot ik mezelf de overblijfselen van haar voormalige betalende klanten in mijn mond te zuigen. Ik kon zien dat ze van elk moment genoot. Niet elke dag heeft ze een blanke vrouw tussen haar goed geneukte dijen, en vanavond leefde ze hoogstwaarschijnlijk haar eigen duistere fantasieën ten koste van mij, letterlijk.

Al mijn aandacht was nu gericht op haar kut. Ik verloor mezelf een beetje terwijl ik mijn best deed om haar tevreden te stellen. Uiteindelijk vergetend hoe smerig de vloeistoffen waren die in mijn mond stroomden. In plaats daarvan tongde ik haar plooien en muren zoals ze vroeg. Af en toe reikte ze naar achteren en sloeg ze op mijn borsten om me meer aandacht te geven.

Tegen de tijd dat ze eindelijk van mijn verdoofde gezicht viel, had ze drie keer een orgasme gekregen, en mijn keel en buik waren bedekt met dingen waar ik echt NIET aan wil denken.

We hebben allebei een tijdje op de vloer van de hotelkamer gelegen, zonder een enkele spier te bewegen terwijl we probeerden onze energie terug te krijgen. Ik denk eerlijk gezegd niet dat ik had kunnen praten als ik dat had gewild, omdat mijn tong slap in mijn mond lag. De hele tijd speelden haar vingers lichtjes met mijn nog steeds rechtopstaande tepels terwijl we naast elkaar hijgen.

Ik vermoed dat ze vanwege haar jeugd sneller haar energie kon herwinnen dan ik. Ik keek vanaf de vloer toe hoe ze uiteindelijk opstond, zichzelf in bedwang houdend zoals een prostituee dat zou kunnen.

Toen ze in de badkamer verdween, zogenaamd om haar haar en make-up te controleren, kwam ze al snel weer naar buiten en keek me even aan, nog steeds liggend op de goedkope vloerbedekking. Mijn gezicht bedekt met haar gemengde sappen, mijn stijgende roze borsten kloppen op mijn deinende borst.

Ze draaide zich om naar de bank, zag mijn tas erop rusten en liep ernaartoe. Ze deed het open en rommelde even naar binnen. Ik wilde iets tegen haar zeggen, maar kon niet. Ten slotte trok ze haar hand weer naar buiten, terwijl ze nog eens tweehonderd dollar vasthield.

'Ik denk dat een fooi op zijn plaats is, mevrouw?'

Ik zei niets, keek alleen hoe ze de biljetten in haar decolleté stopte zoals voorheen.

We hebben die avond nog een paar uur samen doorgebracht. Een deel ervan werd besteed aan het likken en zuigen van haar tenen terwijl ze op het bed rustte en haar kracht hervond. Ze vond het ook leuk om mijn kont nog een pak slaag te geven voordat ze me opdroeg mijn klitje tegen haar tenen te neuken tot een orgasme. In het begin voelde ik me een complete idioot om het te doen, maar na een klein beetje neukte ik ze als een complete slet. Natuurlijk moest ik elke teen weer schoon likken nadat ik dat gedaan had.

Ondanks dat ik totaal vernederd en gebruikt ben door een prostituee, heb ik me nog nooit zo tevreden en zo levend gevoeld als die nacht. Het is niet elke dag dat je een kinderfantasie op zo'n manier kunt beleven en dit meisje wist precies wat ik wilde, op de een of andere manier.

Uiteindelijk begaf ik me onder de douche om me af te wassen. Toen ik terug naar buiten kwam, wachtte ze geduldig tot ik me aankleedde, genietend van het ineenkrimpen van mijn gezicht telkens wanneer kleren een pijnlijk deel van mijn lichaam raakten. Twintig minuten later waren we weer buiten en in mijn SUV, op weg naar haar vertrouwde straathoek. De hele rit zeiden we geen woord tegen elkaar.

Toen we eindelijk aankwamen, stapte ze nonchalant uit en sloot de deur achter zich. Ze draaide zich om en keek me aan met diezelfde kwaadaardige glimlach, de rillingen over mijn ruggengraat en het centreren in mijn kutje. Ik liet het raam zakken.

'Ik moet toegeven dat je de gemakkelijkste en leukste truc bent die ik ooit heb gehad.'

Ik wist niet of ik je moest bedanken of niet.

"Toen ik vanmorgen wakker werd, had ik nooit verwacht dat ik betaald zou worden om het lichaam van een blanke meid te misbruiken. Maar een pluim voor jou schat. Als je nog geile racistische teven kent, stuur ze dan mijn kant op!"

"Um...ok..." Ik betwijfelde serieus of een van mijn vrienden dezelfde vernederende fantasieën koesterde. Nogmaals...."

"Wat ben je?" Commandeerde ze, nog steeds met de kwaadaardige, verleidelijke grijns. Ik bloosde toen verschillende andere prostituees het opmerkten.

"Ik ben...."

"WAT BEN JE?"

Ik kijk naar de passagiersstoel: "Ik ben een stomme racistische blanke kut!"

Verscheidene van de andere meisjes stopten halverwege toen ze ongetwijfeld mijn vernederende bekentenis hoorden. Maar ik durfde er niet naar te kijken, ook niet nadat ik een paar giechelen hoorde.

"Dat je een kleine meid bent, dat ben je. Tot ziens dame."

En zo draaide ze zich om en beende de straat uit, op zoek naar de volgende zwervende auto. Dat was alles wat ik echt voor haar was, nog een truc. Een seconde later ging mijn auto de hoek om en was ze uit het zicht. Nog geen uur later was ik weer thuis. Terug waar niemand me ooit pijn zou willen doen. Terug op de plek waar liefde gratis en onvoorwaardelijk was. Terug waar zwarte meisjes nooit naar binnen durfden om me te straffen. Ik was thuis!

Ik deed mijn kleren uit en liet me voorzichtig naast mijn man in bed glijden en sloeg mijn armen om zijn slapende lichaam. Mijn borsten deden pijn toen ze tegen zijn blote rug drukten, wat me eraan herinnerde hoe ze zo kwamen. Een glimlach kroop over mijn gezicht en een tinteling vormde zich tussen mijn dijen voordat ik in een zalige, tevreden slaap viel. Een slaap gevuld met nieuwe dromen van stomme racistische blanke teven die precies krijgen wat ze verdienen door sexy zwarte vixens.

EINDE

41

SEKSUEEL VERLANGEN
ERIKA SANDERS

Lieverd, ik wil dat je voor je computer gaat zitten en een foto laat zien, een visueel stuk, zoals een kat.

Niet het gezicht en het lichaam, alleen de knieën gebogen en de benen open.

Met lange en mooie elegante vingers die gemakkelijk de vaginale lippen scheiden.

Stel je voor dat je naar binnen loopt en aan dit volledig uitgeruste bureau zit.

Maar aangezien je stoel armen heeft, zet ik mijn voeten in zwarte leren schoenen met hoge hakken, enkelboeien en puntige tenen aan weerszijden van je.

Jij leunt achterover en lacht en ik leun ook achterover.

Ik til mijn zijdeachtige zwarte, smalle jurk op en je kunt zien dat mijn slipje ontbreekt en de gloed van mijn vocht al in mijn spleet voelbaar is.

Je ziet het puntje van een zwart korset waar ook de kousen aan vast zitten.

Ik til mijn jurk met beide handen op, trek hem over mijn hoofd en onthul het leren korset, dat een paar centimeter breed is.

Mijn tepels staan rechtop en omhoog als ze van bovenaf uitsteken.

Je buigt, maar ik ben hier om met je te spelen en ik draag mijn puntige schoenen om je te houden waar je bent.

Ik zie een staart die merkbaar groeit en die uit zijn broek moet komen en je vragen om hem te openen.

Ik strijk lachend met mijn tong over mijn lippen, terwijl jij in mijn broek naar beneden glijdt.

De eikel van je penis steekt uit je boxershort en ook deze heeft een wat veeleisende glans.

Het is voor een goede reden.

Deze aanblik van je stijve pik windt me plotseling op en ik vraag je om me te likken.

Je buigt voorover en doet het, mijn lippen een beetje openend om mijn clit te vinden.

Je stopt het in je mond zodat het er wat meer uit komt.

Ik had gewoon die aanraking van je tong nodig om me honderd te geven.

Terwijl ik tot rust kom, vraag ik je om je pik met je andere hand te nemen en hem lichtjes te strelen.

Ja, maar ik kan je vertellen dat je meer nodig hebt, het is niet genoeg.

Ik dwing je om op je knieën te gaan om jezelf volledig in mijn mond te nemen, afwisselend likkend vanaf de basis omhoog, op en neer en terug naar de ballen en de binnenkant likkend waar de l is. 'Stap.

Je houdt van wat je ziet als ik op mijn knieën zit, mijn kont is maar een paar centimeter breed en mijn anus is strak en comfortabel.

Ik sta op omdat ik te dicht bij de climax kom.

Ik trek je overeind en je broek gaat over je knieën.

Je hebt je schoenen nog, je stropdas is nog gestrikt, maar je overhemd is aan de onderkant losgeknoopt.

Ik zie graag zoveel mogelijk huid.

Nu je op de been bent, vraag ik je me de rug toe te keren.

Open je benen voldoende om achter je te knielen.

Mijn tong likt je benen, likt je ballen en tot aan de spleet van je kont, likt en draait je tong rond je anus.

Ik haal een vibrator uit mijn zak en vraag of ik hem op je mag gebruiken, maar voordat ik antwoord leg ik hem op je huid.

Met mijn mond liet ik speeksel over mijn kont achter zodat je alles smeerde.

Ik zet het op lage snelheid en laat het door je ballen en tussen de ballen en je lul lopen.

Mijn andere hand loopt tussen je benen en grijpt je pik, streelt hem en streelt hem.

De vibrator zit lekker in je kont.

Ik leg het naast je anus en schuif een van de twee uiteinden, het uiteinde dat ook mijn favoriet is.

Het schuift naar binnen en ik leg het andere uiteinde terug naar het midden, weer achter je ballen, om te zien hoe het gevoel je naar een ander niveau brengt.

Je handen reiken naar het bureau en je ogen zijn gesloten en geven toe aan wat ik wil doen.

Maar ik blijf zo en aai een beetje terwijl ik je door het geroezemoes laat afvragen wat er nu gaat gebeuren.

Ik stop abrupt en zeg dat je je moet omdraaien.

Dat doe je en je gezicht is rood.

Je geniet er echt van en je komt steeds dichter bij de staat die je wilt.

Maar ik vertraag liever om je weer in mijn mond te krijgen.

Ik ben zo heet als de hel en ik verlies de controle

Dus ik laat je voor je zitten en knielen en ik vraag je om je te aaien, maar langzaam.

"Zorg voor mijn liefde."

Terwijl ik voor je kniel en op mijn hielen lig.

Ik zet de vibrator aan en wrijf ermee op de clitoris buiten mijn vagina.

Het kost me minder dan een seconde om een orgasme te bereiken.

Mijn benen en knieën zijn open en ik gooi mijn hoofd achterover en strek mijn kutje met mijn handen zodat je de spieren van mijn orgasme kunt zien bewegen.

Ik houd de vibrator vast tot ik klaar ben en mijn eigen sap overloopt.

Ik kijk naar je en je masturbeert en verhoogt het tempo.

Je tempo is gestegen en het is zo opwindend dat ik kniel en je smeek om op mijn gezicht en borst te komen.

En ja, dat doe je zeker.

Ik kijk hoe de plons van je melk me bereikt.

Maar uiteindelijk gooi je de jets naar het computerscherm en toetsenbord.

We nemen afscheid tot een andere keer en jij zet de webcam uit.

EINDE

NAT WELKOM
ERIKA SANDERS

Glenn komt thuis van een drukke dag op het werk en laat zijn aktetas en jas op de deur hangen.

Hij vindt het huis ongewoon stil, maar besteedt er niet veel aandacht aan, en gaat naar de slaapkamer.

Terwijl hij de trap oploopt, ruikt hij de heerlijke geur van het parfum van zijn geliefde vrouw Susan.

Toen hij de overloop bereikte, hoorde hij zachte muziekgeluiden zacht door zijn slaapkamerdeur komen.

Hij maakt geen geluid en opent langzaam de deur.

"Suzan?" zegt hij met een nogal diepe mannenstem.

Terwijl de deur steeds verder opengaat, doet de aanblik van haar naakte lichaam dat op het bed ligt hem beven.

"Ja schatje." zegt ze met een zwoele stem.

Hij loopt naar het bed, maar ze geeft hem een teken dat hij moet stoppen.

In de war, doet hij wat ze hem zegt te doen om te weten dat ze iets aan zijn hoofd heeft.

Ze staat op.

Zijn lichaam beweegt met grote gratie.

Hij kan het niet helpen, maar fixeert zich op haar weelderige borst en beweegt een beetje terwijl ze naar hem toe loopt.

Voel je staart verstijven terwijl je gedachten door je hoofd gaan

"Zij is zo mooi".

Ze strekt haar handen uit en maakt zijn riem los.

Hij knoopt ook zijn broek los en trekt ze naar beneden.

Dat doet hem rillen van opwinding.

Als ze hem zo opgewonden ziet, glimlacht ze en trekt ze zijn boxer naar beneden met een hongerige behoefte om zijn harde pik te zuigen.

Ze legt zachtjes haar handen op zijn nu stijve pik en streelt hem langzaam.

Dan steekt hij zijn tong uit en likt zijn hoofd voordat hij het in zijn mond stopt.

Hij kreunt als ze zijn harde pik begint te zuigen.

Beweeg het sneller en sneller in en uit zijn mond.

Keer dan langzaam terug naar een diepe slag en rol je tong rond je hoofd terwijl je hem met je hand aait.

Hij kreunt terwijl haar hand de roze kop van zijn pik streelt.

Dan likt hij zijn ballen tot aan het puntje van zijn pik.

Ze haalt het uit haar mond en staat op om hem hartstochtelijk te kussen terwijl ze zijn shirt uittrekt.

Hij sloeg zijn warme armen om haar heen, trok haar dichter tegen zich aan en voelde hoe haar borsten tegen zijn borst werden gedrukt.

Terwijl ze kussen, gaan zijn handen over haar lichaam en voelen de zachte huid onder zijn vingertoppen.

Zijn handen gaan over haar billen en hij knijpt er stevig in.

Hij tilt haar op in haar kont door zijn benen om haar middel te leggen en naar het bed te lopen.

Hij zet haar voorzichtig neer en gaat bovenop haar liggen.

Hij kust haar diep in haar nek en borst.

Langzaam likt hij steeds dichter naar haar rechterborst, nu richtte hij de tepel op.

Hij steekt haar tepel in zijn mond, zuigt erop en bijt er zachtjes op.

Hij gaat naar de andere borst, reikt naar beneden en begint over haar klit te wrijven, waardoor ze meer gaat ademen en licht begint te kreunen.

Hij wrijft zichzelf sneller terwijl hij haar buik kust en zich op haar navel concentreert.

Ze heeft het gevoel dat ze erg nat wordt en dat haar ademhaling sneller gaat.

Hij kust haar schattige heuveltje en vervangt dan zijn vingers door zijn tong.

Zuig en bijt zachtjes op haar clit.

Dit stuurt haar op een golf van plezier en gekreun.

Dan gaat hij met een vinger over de lippen van haar gezwollen kut naar deze geheime, glibberige plek.

Hij schuift langzaam zijn vinger in en uit, dan zakt een andere vinger in terwijl ze kreunt.

Hij blijft zich concentreren op het zuigen op haar clit terwijl zijn vingers die speciale plek in haar op een kostbare manier slaan waarvan hij weet dat het haar helemaal gek zal maken.

Ze kreunt luid en voelt een tintelend gevoel van haar rechterbeen omhoog en rond haar lichaam en naar buiten op haar linkerbeen.

"Oh baby!" ze kreunt, "Dat voelt zo goed!"

Glenn weet dat als ze zo doorgaat, ze zeker haar grenzen zal verleggen, dus hij vertraagt en kust haar lichaam terug om haar mond te verslinden.

Ze delen een hartstochtelijke kus.

Hun tongen dansen samen.

Hij haalt zijn vingers van haar inmiddels doorweekte kutje en begint haar rechterborst te masseren.

Haar gekreun werd onderdrukt door kussen.

De kus breekt en ze fluistert in zijn oor:

'Ik heb je binnen nodig, schat.'

De vermelding van zijn harde pik die in het natte poesje van zijn geliefde glijdt, doet hem grommen van lust en bovenop haar gaan.

Hij spreidt haar benen met haar heupen en positioneert zichzelf om haar binnen te gaan.

Speel ermee, steek gewoon je hoofd erin en trek het langzaam terug.

"Geef me alsjeblieft alles." ze smeekt hem, maar hij krijgt zijn zin en volgt het ritme van het spel, prikt gewoon in de punt en trekt haar terug als ze begint te kreunen.

Eindelijk, op een onverwacht moment, drijft hij zijn harde pik helemaal om haar te laten schreeuwen.

Hij begint haar langzaam in en uit te duwen met lange, harde slagen.

Hij begint harder en sneller te strelen en trekt aan haar kont voor diepere penetratie.

"Oh god, je voelt zo goed in me. Ik hou zoveel van je als je mijn poesje neukt."

Dan gromt hij en trekt zich plotseling terug.

Hij gebaart dat ze zich moet omdraaien, en dat doet ze snel, met een sprong van opwinding.

Hij weet dat een van zijn favoriete posities is om van achteren in haar te kruipen, en hij vindt het ook heerlijk om haar dat op die manier te geven.

Hij steekt zijn pik in haar en begint hard en snel te beuken.

Ze kreunt luid en vertelt hem luider.

Hij houdt ervan om zijn mooie vrouw te neuken, zodat hij steeds harder met haar wordt.

Zijn lichaam en ballen bonsden tegen zijn nu rode kont.

Ze begint terug te keren naar haar stoten en duwt zijn pik nog lager.

Ze kreunen allebei van plezier.

"Oh, ik kom wel schat. Ben je klaar voor mijn melk?"

"Oh ja schat, ik kom ook."

Nog een paar klopjes en Susan gilt van plezier en haar lichaam begint te trillen terwijl haar orgasme haar overweldigt.

Glenn voelt dat de muren van haar kutje zijn pik beginnen te melken en ze kan er niet meer tegen.

Hij gromt haar naam en spuit zijn hete sperma diep in haar nu romige en vochtige kutje.

Susan, uitgeput van zijn explosie, rust op haar ellebogen als ze voelt dat hij nog een paar spuugtjes in haar spuit.

Tevreden en proberen niet op haar te vallen, trekt hij langzaam terug van haar kutje en grijpt haar taille en trekt haar met hem op het bed.

Ze kijken elkaar in de ogen, beiden vertroebeld door de krachtige orgasmen die een paar seconden geleden door hun lichaam waren geraasd.

Een voldoening van wederzijdse kennis blijft in de kamer als de twee in elkaars armen in slaap vallen.

EINDE

VOOR DE GELEGENHEID GEKLEED
ERIKA SANDERS

57

De stilte van de nacht omringde hen, kneep hen samen met hun sereniteit en probeerde hun angst te kalmeren.

Maar dat kalmeerde haar niet.

Ongebreidelde gevoelens, die ze niet gewend was en nog nooit eerder had meegemaakt, schoten door haar lichaam en maakten haar nerveus.

Haar hakken klikten zachtjes over het geplaveide pad terwijl ze naar de lucht keek.

Waarom ga je daar vanavond heen?

Waarom kleedde ze zich zo?

Ze voelde de kracht die zijn blik op haar had.

Ze zuchtte en liet haar geest stoppen met denken aan de gebeurtenissen die vanavond zouden kunnen gebeuren.

* * *

Het voelde alsof iedereen naar haar keek toen ze het pand binnenkwam.

Haar schoenen met hoge hakken klikten tegen de houten vloer terwijl ze over de dansvloer schreed en de bar naderde.

De rok van haar rood-zwarte outfit zwaaide bij elke stap heen en weer, de rode streep stroomde langs haar knie terwijl de zwarte een paar centimeter erboven rustte.

De blouse hing losjes om haar schouders, over haar borsten, sprong net genoeg open om bij elke stap de aandacht te trekken en toonde een royale hoeveelheid huid.

En zonder bh.

Ze wist hoe ze eruit zag in die outfit.

Het zag eruit als een teef.

Ze had de look afgemaakt met een zwarte kanten kraag om haar nek en een vleugje rode lippenstift.

Hij zat tussen een man en een vrouw en glimlachte naar de ober.

"Hallo James"

'Samy. Wat leuk je weer te zien.' Hij liet zijn ogen langzaam over haar gezicht en borsten glijden. 'Heel goed. En voor wie is de gelegenheid?'

Ze schudde haar hoofd en glimlachte, waardoor een krul over haar oor viel.

"Er is geen reden. Ik wilde me gewoon zo kleden."

Hij reikte over de bar en stopte de krul achter haar oor.

Zijn vingers raakten haar wang aan en ze vergat bijna te ademen.

'Je zou je vaker zo moeten kleden.'

"Misschien zal ik."

'Ik vertrek rond elf uur 's avonds van mijn werk. Wil je later dansen?'

Ze knikte langzaam en kon haar blik niet van de zijne afhouden.

Met heel langzame precisie leunde hij over de bar en bracht zijn lippen dichter bij de hare, waardoor de kus zo diep werd dat ze meer wilde voordat hij zich terugtrok.

'Ongeveer twintig minuten.'

* * *

Die twintig minuten waren nog nooit zo lang geweest in Samy's leven.

Ze keek de hele tijd naar alles om haar heen en merkte elke beweging op die hij maakte zonder zelfs maar naar hem te kijken.

Het was alsof haar zintuigen overeenkwamen met haar lichaam, maar ze kromp nog steeds ineen toen hij de achterkant van haar schouder aanraakte.

Hij had de kraag van zijn zwarte overhemd losgeknoopt, glimlachte naar haar en stak zijn hand uit.

'Ik denk dat je me een dansje schuldig bent.'

Toen ze haar hand in de zijne legde, was het alsof er een kleine ontlading van elektriciteit door haar lichaam ging.

Hij glimlachte toen hij haar naar een hoek van de dansvloer leidde en trok haar toen tegen zijn lichaam aan terwijl het lied veranderde.

Het was langzaam en verleidelijk, en zijn hartslag leek overeen te komen met haar hart toen ze hem tegenaan drukte.

En toen was ze zich opeens bewust van de harde contouren die om zijn zachte lichaam krulden.

Ze sloeg haar armen om hem heen en kneep met haar handen in de zachte rondingen van haar rug terwijl ze heen en weer wiegden.

Hij leunde naar voren en drukte zijn lippen op de hare, scheidde ze zachtjes en verleidde haar met zijn tong.

Zijn hand gleed naar beneden over haar rug, rustte op haar heup, diep genoeg om een wang te strelen terwijl hij haar onderlichaam tegen het zijne trok.

Ze hapte naar adem toen hij heel hard tegen haar aan drukte en ze zou zweren dat ze hem hoorde kreunen.

Maar net als hij riep de andere ober hem en hij zuchtte en boog zijn hoofd achterover.

'Samy... ik ben zo terug. Ik zweer dat ik het zal doen. Ik kan nergens heen.'

Ze knikte stom terwijl ze de dansvloer afliep naar een afgelegen hut.

Hij zag James terugkeren naar de bar, weer over hem heen leunen en met Joseph praten.

Joseph was de vervangende barman voor de nacht.

Hij nam het altijd over als James met pensioen ging.

Toen hij een lange, langbenige blondine bij zich zag komen, realiseerde hij zich iets.

Ze was niet zo'n meisje.

Hij had geen idee wat hij aan het doen was.

James was het type man dat altijd een meisje beschikbaar had, elke lange, blonde, super sexy meid.

En ze was klein, brunette en Latina.

Ze rende weg.

Zo snel en stil als hij kon.

Hij ging naar de deur en toen hij over zijn schouder keek zag hij de blondine dicht tegen James aan leunen en haar vingers over zijn arm strijken.

Ze zuchtte en schudde haar hoofd terwijl ze haar weg vervolgde.

Het zou niet goed zijn om erover na te denken.

Haar voeten begonnen pijn te doen van haar hielen, dus ze trok ze eraf en stapte van het geplaveide pad af, haar voeten leidden haar naar de oever van de rivier die ze zo goed kende.

Hij doopte zijn voeten in de oever van de rivier en staarde een hele tijd naar het water.

"Wat dacht ik?" Ze mompelde eindelijk.

"Ik zou graag willen weten."

Ze schreeuwde bijna toen ze zich omdraaide.

James stond achter haar, armen gekruist boos en fronsend.

Maar de frons maakte langzaam plaats voor een uitdrukking van verwarring en bezorgdheid.

'Samy, je huilt. Wat is er met je aan de hand?'

Ze keek van hem weg en stak de rivier over naar de andere met gras begroeide oever.

'Dat had ik niet moeten doen. Ik had vanavond niet zo gekleed naar de bar moeten komen. Ik dacht dat ik geen kans had.'

"Samy, waar heb je het in godsnaam over?"

Hij reikte naar haar toe en liet zijn hand op haar schouder vallen.

Ze beefde, ze had het koud.

Hij trok haastig zijn jas uit, gooide die over haar schouders en ging achter haar staan om over haar armen te wrijven.

'Je zag er prachtig uit daar. Ik denk dat ik vergeten was hoe je moest ademen toen je binnenkwam.'

"Ik heb de vrouwen gezien met wie je normaal omgaat. Ik ben niet zoals zij, James. Ik ben niet elegant of super sexy. Ik ben niet blond, lang of langbenig, en ik heb ook geen perfecte lichaam zoals zij. Ik heb. Ik heb.' daarin geen oplossing. Hij wist niet eens wat hij aan het doen was. 'Ze eindigde fluisterend.

'Echt waar? Je had me daarin kunnen misleiden.'

Hij draaide haar om en leunde naar voren, zijn lippen op haar nek drukkend.

Ze huiverde.

"Je lichaam voelde perfect toen je me op deze dansvloer tegen je aan drukte."

Hij stak zijn hand uit, pakte haar borst vast en volgde de omtrek van haar tepel door haar blouse.

Het deed haar een beetje huiveren.

"Ze leken zeker te weten wat ze moesten doen toen we elkaar kusten en duwden."

Hij boog zich over haar heen en dwong haar te gaan liggen tot ze op de grond lag.

'Laat me je laten zien, Samy. Laat me je laten zien dat je meer bent dan je denkt.'

Zijn lippen gleden tegen de hare voordat ze over haar nek glijden en over de dunne blouse die haar borsten bedekte.

Haar adem stokte in haar keel toen zijn lippen de ene tepel vonden en toen de andere en langzaam zoog terwijl ze zich in zijn aanraking boog.

Zijn vingers vonden slim de zoom van haar blouse en begonnen hem langzaam omhoog te trekken, terwijl ze haar huid plaagden toen die werd onthuld.

Hij tilde haar langs haar borsten en hield haar recht boven haar terwijl hij haar rechterborst kuste en van haar huid genoot.

Ze kreunde toen James eindelijk zijn lippen op haar borst legde, de tepel tussen zijn tanden nam en er zachtjes aan trok voordat hij erop zoog.

Ze kreunde nog harder toen zijn hand haar andere borst begon te kneden en zijn hand herhaaldelijk over haar tepel rolde.

"Zie je?" Hij ademde tegen haar huid. "Je bent de perfecte vrouw".

Hij begon haar te kussen op de weg naar beneden, terwijl hij met zijn tong haar navel omcirkelde.

James glimlachte naar haar terwijl hij naar haar rok reikte en in plaats van hem te laten zakken, duwde hij hem omhoog.

Het voorste deel was naar achteren gevouwen en het volgende moment plaatste hij zachte, speelse kussen op haar hete heuvel boven haar slipje.

Ze was al nat.

Hij voelde het door haar slipje terwijl hij zijn neus tegen haar aan wreef.

Ze beefde onder hem en hij streelde zachtjes zijn vingers op en neer terwijl hij zijn tanden gebruikte om haar slipje naar beneden te laten glijden.

Hij kuste haar opnieuw, geen barrière tussen zijn lippen en haar kutje.

Hij begon zijn tong over haar spleet te schuiven en ze kreunde, haar heupen bogen zich wild zodat hij zijn tong diep in haar duwde en over haar clit liet glijden.

Samy kreunde en boog zich tegen zijn tong, plezier stroomde door haar heen terwijl hij zijn tanden tegen haar clit poetste en een vinger in haar liet glijden.

"Ik heb gelogen," ademde hij tegen haar klit. "Ik ben niet alleen vergeten hoe ik moet ademen."

James zoog zachtjes op haar clit en zijn vinger pompte haar spanning in en uit.

'Ik was bijna in mijn broek gekropen om jou als eerste te zien.'

Haar vingers grepen zijn haar en hij glimlachte tegen haar kutje terwijl hij een tweede vinger in haar liet glijden en zijn tong herhaaldelijk over haar clit liet gaan totdat haar lichaam onder zijn mond trilde.

Zijn vingers streelden haar in en uit, wekten haar op en haalden haar lichaam over om te reageren totdat ze zich in evenwicht hield met zijn hand en tong.

'James,' haar stem haperde bijna toen hij in zijn hand draaide. "Alsjeblieft, stop nu niet!"

Zijn woorden kwamen uit op een zachte, samenzweerderige toon, maar het werd al snel luider toen ze het uitschreeuwde van verrukking.

Hij knabbelde zachtjes aan haar klit en nu zoog hij hard op haar en zijn vingers drukten stevig in haar en namen haar climax.

Hij likte gretig hun sappen en toen het trillen van zijn lichaam langzamer ging,

Toen hij klaar was, ging hij over haar heen.

Hij glimlachte en leunde met zijn voorhoofd tegen het hare en liet zijn lichaam tegen het hare strijken als hij in haar ogen keek.

'Ik zei toch dat je net zo goed een vrouw bent als zij, zo niet meer.'

Zijn ogen glinsterden van wat twijfel had kunnen zijn toen hij in James' ogen keek, maar toen liet hij zijn vingers over zijn borst glijden en naar de harde bobbel in zijn broek.

'Heb je het daarom zo moeilijk?

Waarom ben ik een vrouw zoals zij? "

Haar vingers raakten zijn pik op en neer en hij kon het gekreun dat over zijn lippen kwam niet onderdrukken.

Hij had echter geen kans om te antwoorden toen haar lippen de zijne vonden en alle gedachten uit zijn hoofd waren gewist.

Haar vingers gleden naar zijn borst en hij begon behendig zijn overhemd los te knopen.

Hij trok het snel uit zijn broek en duwde het opzij terwijl hij zijn shirt helemaal uittrok.

De knoop van zijn broek scheurde open en de rits gleed bijna vanzelf weg.

Ze trok zijn broek en boxer zover naar beneden dat hij zijn pik losliet, haar kleine hand eromheen sloeg en er langzaam over streelde zodat hij kreunde en zich gretig tegen haar hand drukte.

Hij kreunde van ergernis en stond op, deed in één beweging zijn broek en boxer uit en draaide zich naar haar om.

Ze zat nu op haar knieën en glimlachte naar hem terwijl ze haar hand weer om hem heen sloeg.

Hij boog zich over haar heen, streelde haar langzaam en sloot zijn ogen.

Het volgende moment scheidde hij het echter, terwijl haar lippen zich om zijn pik wikkelden en ze langzaam op en neer bewogen op zijn harde lid.

Hij legde zijn handen op haar achterhoofd en begon ze langzaam in en uit zijn mond te laten glijden. Hij kreunde toen ze hem bij elke beweging zoog.

Het duurde niet lang voordat de lichte slagen snel en kort werden. Samy zoog harder hoe sneller hij zijn hoofd bewoog.

Zijn hand streelde zijn ballen en rolde ze heen en weer terwijl haar mond zich om hem heen klemde.

Toen ze met haar tong op het hoofd van zijn pik speelde, explodeerde het in haar mond.

Ze slikte snel toen hij zijn plons op haar liet zakken en haar mond en keel tegen zijn pik drukte, waardoor hij harder en met meer spuiten klaarkwam totdat hij zichzelf uiteindelijk uitgeput had.

Hij duwde langzaam zijn pik uit zijn mond en liet zijn blik op de grond vallen.

Hij viel voor haar op zijn knieën en legde zijn hand op haar wang.

Ze waren nog maar een stap verwijderd toen James' vinger langs de zijkant van haar gezicht gleed, zijn vinger onder haar kin liet zakken en haar ogen naar de zijne ophief.

"We zijn nog niet klaar."

Zijn stem was zo laag dat de rillingen over haar rug liepen toen ze hem verbaasd aanstaarde.

Hij boog voorover en drukte zijn lippen tegen haar aan om de kus snel te verdiepen.

Toen zijn tong langs haar lippen ging, gleed een hand achter haar en trok haar naar zich toe, zodat ze van vlees tot vlees waren.

Zijn tepels drukten vrolijk tegen zijn borst en zijn nieuwe erectie drukte stevig tegen zijn onderbuik.

Ze bewoog en wreef langzaam haar lichaam tegen hem aan, waardoor hij kreunde toen hun kus koortsig werd.

Hij zette haar terug en duwde haar rok over haar benen.

Hij keek haar lang aan voordat hij zich bewoog.

Hij boog zich weer over haar heen en gaf haar een lichte kus op de buik, net boven haar navel.

Hij glimlachte tegen haar warme huid en begon boven te zoenen, in omgekeerde volgorde van zijn eerdere acties.

Zijn lippen speelden nauwelijks tegen haar borsten voordat ze zich om haar nek nestelden en haar hartslag streelden.

Hij bonsde tussen haar benen, zijn pik drukte tegen haar natte spleet terwijl ze haar benen om zijn middel sloeg en hij zijn armen om haar heen sloeg.

In één snelle beweging zat James met haar op zijn schoot en drukte zijn pik indien mogelijk nog meer tegen haar aan.

Ze kronkelde een beetje en hij kreunde.

Hij kuste haar vlak onder haar oor en trok zachtjes aan haar oorlel.

"Vertel me, Samy, wil je het?"

Zijn adem was heet op haar huid en ze rilde.

"Wil je mijn grote, harde pik in jou begraven?"

Samy's antwoord klonk bijna als een kreun terwijl ze tegen hem aan wreef.

'Ja. Alsjeblieft James, ik wil dit sinds...' maar ze stopte snel, nog steeds blozend op haar wangen, en keek weg.

James had er geen idee van.

Hij dwong zijn blik terug naar de hare en leunde met zijn erectie tegen haar aan.

"Maak af wat je zei."

Ze kreunde en haar nagels drongen een beetje in zijn huid.

'Ik wil dit al sinds ik je heb ontmoet.'

'Dus vertel me hoe graag je het wilt hebben.'

Het was geen verzoek, meer een verzoek terwijl hij met zijn vingers over haar borsten ging en langzaam haar vlees kneedde.

Hij voelde haar warmte uitstralen tegen zijn pik, en hij deed zijn best om hem niet zomaar te woelen en te pakken.

Haar antwoord verraste hem en verbrijzelde de terughoudendheid die hij had gebruikt.

'Ik wil het niet. Ik heb het nodig James.'

Haar ogen waren nu op de zijne gericht en hij kreunde zachtjes tegen haar huid toen ze dichterbij kwam.

"Ik heb het zo hard nodig, ik heb er zo lang over gedroomd. Alsjeblieft. Je moet me neuken."

Dat kon hij haar niet langer weigeren.

Daarna hield hij het niet meer in.

Hij tilde haar op tot de eikel van zijn pik tegen haar opening drukte en liet hem toen snel bovenop haar vallen.

Ze kreunden allebei.

Haar kutje zat zo strak om zijn pik dat toen hij het op en neer begon te bewegen op zijn pik, en zijn harde lengte in haar, het zelfs groter leek te zijn.

Ze kreunde en begon met haar benen op zijn pik te springen.

Haar borsten stuiterden vrijelijk tegen hem aan en haar tepels riepen om hem terwijl hij voorover boog en begon te zuigen.

Ze kreunde en sprong sneller op zijn pik, en duwde zichzelf keer op keer.

Zijn lippen plaagden haar tepels, trekken en zuigen, streelden toen zijn tong over haar en knabbelden terwijl hij stuiterde, kreunend tegen haar huid en vibraties door zijn beten stuurde.

Haar kutje was zo nat dat het vocht over zijn pik liep en hij kreunde toen ze opzettelijk zijn spleet om hem heen kneep, waardoor hij haar meer weerstand bood.

Hij boog ze allebei zodat ze weer op haar rug op het gras lag en begon zijn pik hard in en uit haar te bonzen.

Samy kreunde nog harder, haar nagels krabden haar terug toen een nieuwe krachtige duw haar terug naar haar hoogtepunt bracht.

De strakke kramp rond zijn pik zorgde ervoor dat James ook snel klaarkwam, en hij sloeg nog sneller tegen haar aan en gromde terwijl zijn hete sperma haar vulde tot het langs haar dijen liep.

Hij viel opzij, hijgend.

Toen trok hij haar naar zich toe en drukte zachte kusjes op de zijkant van haar gezicht.

'Nou, zal het vijf jaar duren voordat je dapper genoeg bent om dat nog een keer te doen?'

Hij glimlachte en kuste haar lippen.

'Niet altijd, James.'

Samy glimlachte en streek haar lippen over de zijne.

'Goed, want ik denk niet dat ik langer dan een dag of twee van je af kan blijven.'

Samy's lach echode over het meer en James glimlachte toen hij rechtop ging zitten en haar diep kuste.

Dit zou zeker het begin kunnen zijn van iets heel interessants.

EINDE